# Emily Gravett

# El oso y la liebre

## ¡En la nieve!

Una mañana, el oso y la liebre
salieron afuera y vieron…

A la liebre
le encanta la nieve.

El oso y la liebre jugaron a atrapar
copos de nieve con la lengua.

Hicieron dibujos en la nieve,

y también ángeles de nieve.

Liebres de nieve...

... y osos de nieve.

El oso hizo una bola de nieve grande,

y la liebre una bola de nieve pequeña.

¡MUCHÍSIMAS bolitas nieve!

Después, el oso y la liebre fueron a ...

¿casa?

¡MONTAR EN TRINEO!

¡Al oso y a la liebre les encanta la nieve!

Puede consultar nuestro catálogo en
www.edicionesobelisco.com / www.picarona.net

EL OSO Y LA LIEBRE - ¡EN LA NIEVE!
Texto e ilustraciones de *Emily Gravett*

1.ª edición: octubre de 2016

Título original: *Bear and Hare - Snow!*

Traducción: *Joana Delgado*
Maquetación: *Montse Martín*
Corrección: *M.ª Ángeles Olivera*

© 2014, Emily Gravett
(Reservados todos los derechos)
Primera edición en 2014 por MacMillan Children's Books,
sello editorial de Pan MacMillan, una división de MacMillan Publishers Int. Ltd.
© 2016, Ediciones Obelisco, S. L.
(Reservados los derechos para la lengua española)

Edita: Picarona, sello infantil de Ediciones Obelisco, S. L.
Pere IV, 78 (Edif. Pedro IV) 3.ª planta 5.ª puerta
08005 Barcelona - España
Tel. 93 309 85 25 - Fax 93 309 85 23
E-mail: picarona@picarona.net

ISBN: 978-84-16648-55-9
Depósito Legal: B-8.760-2016

*Printed in China*